잘 모르다니!
이게 모른다는 말로
끝날 문제냐?
지금 지옥의 규칙을
무시하는 거냐?

지금 당장
이 녀석이
어디서 뭘 하고
있는지 밝혀내라.
알겠냐?

KB195599

독자 여러분께

☆ 이 악마는
장난천재 쾌걸 조로리의
《28 공포의 카니발》과
《29 라면 대결》편에서도
조로리를 감시했습니다.
악마가 어디 있는지
한번 찾아보세요.

그래서
한 악마가
조로리를
찾으러
지상으로
올라가게
되었습니다.

지옥에서는 염라대왕이
무지무지 좋아하는 참깨 과자를 먹으며
한 악마를 혼내고 있었습니다.

책상 위에 놓인
『염라장』에는 분명
조로리란 이름이
적혀 있었습니다.

염라장이란?

언제, 누가
지옥에 떨어질지
적어 놓은 일정표

"이 『염라장』에 이름이 있는 한,

지옥에 와야 한다.

그런데 아직 안 왔다니 말도 안 된다!

어이, 넌 이 조로리란 녀석이

어디 있는지 알지?"

"무, 물론입니다요."

염라대왕에게 혼쭐이 난 악마는

부들부들 떨며 가방에서

사진을 꺼내 보였습니다.

후덜덜

부스럭

"이게 조로리입니다.
잘 지켜보고 있는데 죽을 기미가
보이지 않습니다. 어떻게 할까요?"
악마의 말에 염라대왕은
화가 머리끝까지 났습니다.

"그런 태평한 말을 하다니!
이 지옥의 규칙을 지키지 않는 것은
바로 나, 이 염라대왕 얼굴에 먹칠을 하는 것이나
마찬가지다. 어떤 수단과 방법을 써서라도
이곳으로 끌고 와!"
겁에 질린 악마는 부들부들 떨며
서둘러 지옥을 뛰쳐나왔습니다.

㉚ 천국과 지옥

하라 유타카 글·그림

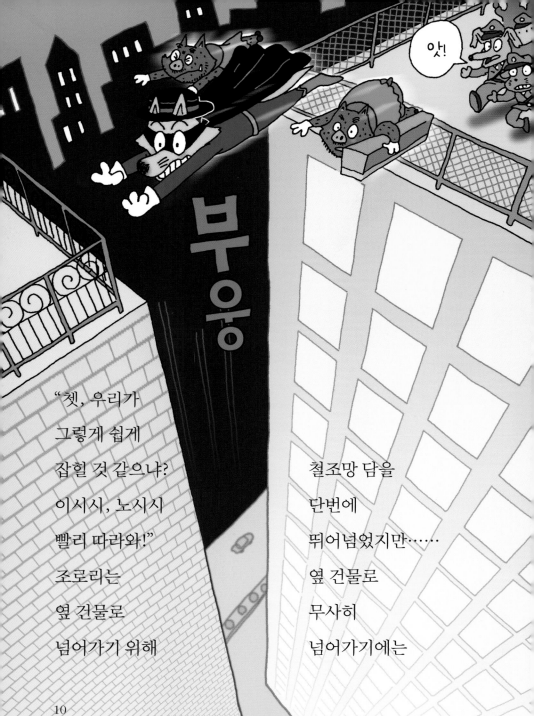

앗!

부웅

"쳇, 우리가
그렇게 쉽게
잡힐 것 같으냐?
이시시, 노시시
빨리 따라와!"
조로리는
옆 건물로
넘어가기 위해

철조망 담을
단번에
뛰어넘었지만……
옆 건물로
무사히
넘어가기에는

거리가 조금 멀었나
봅니다.
옥상 가장자리에
조로리의 손이
간신히 걸쳐진
바로 그 순간!

이시시와 노시시가

조로리의 다리와 꼬리를

붙잡고 매달리는 바람에

조로리는 무척 고통스러웠습니다.

게다가 지문을 남기지 않으려고 목장갑을

끼고 있던 터라 결국

옥상 가장자리를 겨우 붙잡고 있던
손이 슬슬 미끄러졌습니다.
더는 못 버티겠다 싶던 그때,
조로리는 인기척을 느꼈습니다.
"앗, 이렇게 고마울 때가! 거기 누가 있으면
나 좀 끌어 올려 줘! 답례는 넉넉히 할게."
조로리가 도움을 청한 상대는 누구일까요?

염라대왕의 명령을 받고
조로리를 지옥으로 데려가려고
달려온 바로 그 악마였습니다.

악마는 히죽
웃으며 말했습니다.

순간 조로리는 옥상 가장자리를 잡고 있던

손을 놓았다는 것을 깨달았습니다.

그러나 이미 늦었습니다.

조로리는 이시시, 노시시와 함께

그대로 땅바닥으로

으아악!
이럴 생각이
아니었는데에에에!
손을 놓으라고!

곤두박질쳤습니다.

물론 꼬리를 잡힌

악마도 함께 말입니다.

조로리는
뾰족한 악마의
꼬리를 잡고는

그대로
건물 벽에 힘껏
꽂았습니다.

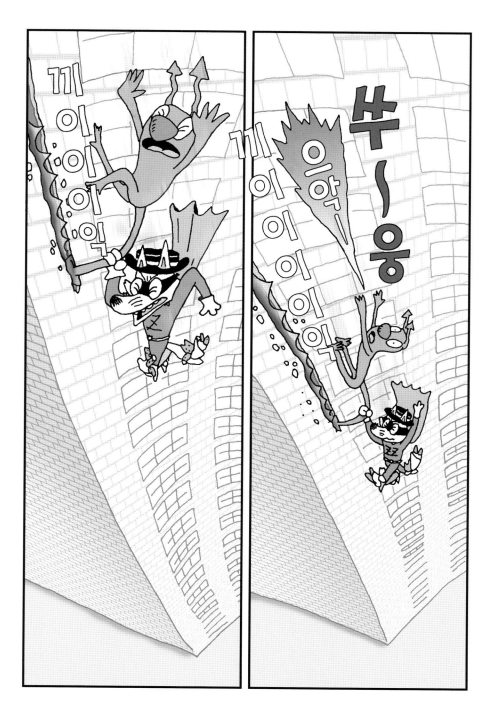

조로리 일행은 땅바닥에
닿을락 말락 한 곳에서
겨우 멈췄습니다.
"휴우, 살았다."
하지만 숨 돌릴 겨를도 없이
옆 건물에서 경찰들이
뛰어내려 왔습니다.
"앗, 이렇게 잡힐 수는 없지!"

끼익

후우.

조로리와 이시시,
노시시는 서둘러
그곳에서 도망쳤습니다.
그 자리에 남아 있던 악마는
달려온 경찰들에게 자신도 피해자라는 듯
"범인들은 저쪽으로 도망쳤습니다."
라고 말하고는 조로리 일행이
도망친 반대 방향을
손가락으로 가리켰습니다.

왜냐하면 조로리가 경찰들에게 잡히면
일이 복잡해지기 때문입니다.
지옥에 데려가려면 교도소에서 데리고
나와야 하니까요.
악마는 경찰들을 보내고 지름길로
조로리 일행보다 빨리 가서

경찰관 진입 금지

표지판을
세웠습니다.

물론 악마가
이렇게 친절한
행동을 한 데는
다 이유가
있었습니다.

**이쪽에
도둑들에게
안전한
숲이
있습니다.**

요즘
세상은 참
친절하기도
하네.

악마는 지옥에서 괴물을 데리고 와
숲에 숨겨 두었습니다.
괴물은 길 한가운데에서 입을 떡 벌리고
기다리고 있었지요.
이런 사실을 모르는 조로리 일행은
괴물의 입속으로
제 발로 들어갔습니다.

이런 곳에
터널이
다 있네!

조로리 일행은

자신들이 괴물에게

먹힌지도 모른 채

이대로 지옥에 떨어지고

마는 걸까요?

그럴 리가 있나요.

지옥에서 온 괴물은 입만 큰 것이 아니라

똥구멍도 컸답니다.

조로리 일행은 무슨 일이 벌어지는지

전혀 모른 채 괴물의 배를 통과해

밖으로 나왔습니다.

아이고,
이걸
어쩌지?

잠시 뒤
강가에서
조로리가
어이없어 하는
말소리가
들려왔습니다.

"이게 대체 뭐야?"

훔친 상자를 열어 보니,
황금 트로피는 간데없고
고리 던지기 세트가
들어 있지 뭐예요?

"내가 오른쪽에서
세 번째 상자를 가지고
오라고 했을 텐데!"

"아, 그래서 지는유.
분명히 이쪽에서
세 번째 상자를 가지고 왔는디유."
노시시가 든 손은 왼손이었습니다.

"아니야! 오른쪽은
이쪽 손이라고!"

"참, 답답허구먼유.
어느 손이 오른손인지
헷갈릴 만큼 요즘 저희는
아무것도 못 먹었단 말이지유."

이시시의 볼멘소리에
조로리가 말했습니다.

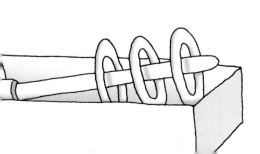

조로리는
고리 던지기
놀이의
고리를
바라보며
한숨을
쉬었습니다.

그러고 보니
그렇구나.
다들 배고프지?

이게
생긴 대로
딱 도넛
이라면
진짜 좋을
텐데.
휴우.

그걸 본
이시시와
노시시는
먹을거리를
찾으러
주변을
살폈습니다.

우리가 또
사부님을
슬프게
했구먼!

아아,
뭔가 먹을 걸 찾아서
조로리 사부님을
기운나게
해야겠어.

이시시와
노시시는
이 재료들로
찌개를
만들기로
했습니다.

고맙게도 주변에는
자연에서 자라는
물고기, 버섯, 산나물
등이 많아 먹을거리를
쉽게 구할 수
있었습니다.

풀숲에서 꼼짝 않고
이 모습을 지켜보던
악마는 빙긋 웃더니
꼭 쥐고 있던 손을
펼쳤습니다.
그 안에는

다름 아닌 맹독 트뤼프가 들어 있었습니다!

여러분도 알다시피 맹독 트뤼프는

먹으면 여덟 시간 이내에 죽게 되는

무서운 독버섯입니다.

악마는 이시시와 노시시가

잠시 한눈을 파는 사이에 맹독 트뤼프를

잘게 썰어 냄비에 집어넣었습니다.

"야, 이시시, 노시시!

뭔가 좋은 냄새가 나지 않니?"

조로리가 강가에서 코를 벌름거리며 물었습니다.

"히히히. 저희가 사부님을 위해

맛있는 찌개를 끓였구먼유.

지금 그쪽으로

가지고 갈게유."

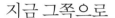

● 이 독버섯을 먹고 살아나기
위해서는 '언더코리야'라는
환상의 꽃을 여덟 시간 이내에
먹어야만 합니다. 더 자세히
알고 싶다면 장난천재 쾌걸
조로리《위험천만》편을
읽어 보세요.

맹독 트뤼프

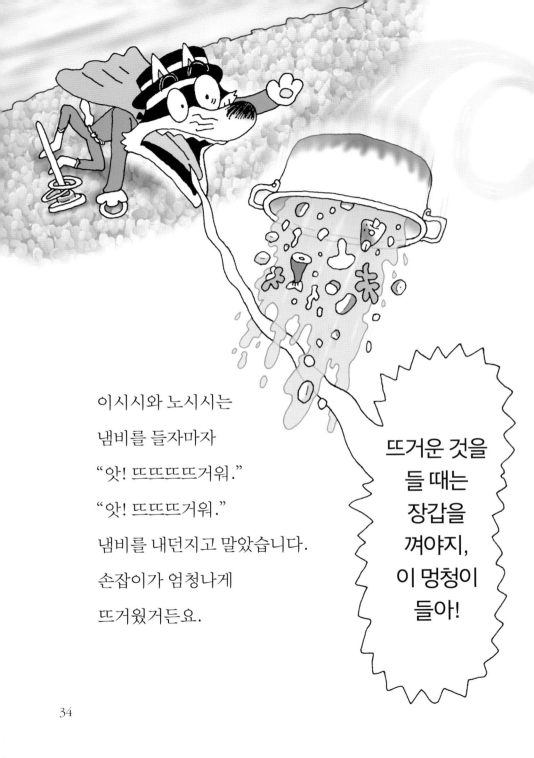

이시시와 노시시는
냄비를 들자마자
"앗! 뜨뜨뜨뜨거워."
"앗! 뜨뜨뜨거워."
냄비를 내던지고 말았습니다.
손잡이가 엄청나게
뜨거웠거든요.

뜨거운 것을
들 때는
장갑을
껴야지,
이 멍청이
들아!

조로리는 버럭 소리를 질렀습니다.

하지만 이미 냄비는 뒤집어져 버렸고

냄비에 담겨 있던 찌개도 강가 모래밭에

죄다 쏟아지고 말았습니다.

셋은 그저 멍하니 서서

바닥에 엉망으로 흩어진 건더기와

순식간에 모래밭 틈 사이로 스며드는

국물을 지켜봤습니다.

터덜
터덜
터덜

조로리 일행은
너무 배가 고파서
더는 아무것도 할 마음이 들지
않았습니다.
날도 어두워졌기 때문에 셋은 근처
가까운 풀숲에서 하룻밤을 묵기로 했습니다.

어라, 왜
저러지?

눕자마자 다들 코를 골며 잠이 들었습니다.

"젠장, 운이 좋은 녀석이군.

더 이상 그냥 두고 볼 수 없다."

이들을 지켜보던 악마는 살금살금 다가가

조로리 일행이 자고 있는 풀 쪽에 열두 개의

다이너마이트를 밀어 넣었습니다.

기분이 좋아진 악마는 도화선을 술술 풀며
멀어져 갔습니다. 그런데 말입니다.

악마는 자기의
뾰족한 꼬리에
그 도화선이 걸린
사실을 알아채지
못했습니다.

악마는
다이너마이트를
자기 옆으로
끌고
온 줄도

모르고
도화선을
폭파 스위치에
연결시킨 다음

스위치를
힘차게

눌렀습니다.

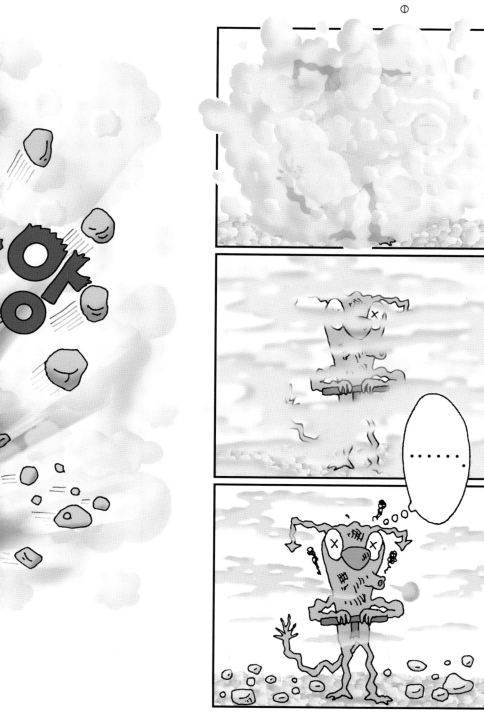

"뭐야, 뭐? 지진 난 거야?"

땅이 흔들리는 소리에 놀라

조로리는 벌떡 일어났습니다.

주변을 둘러보니 이시시와 노시시가

편한 몰골로 자고 있을 뿐,

별다른 낌새는 없었습니다.

"뭐야! 내가 꿈을
꾸었나?"
조로리가 다시
자려고 누웠을
때였습니다.
어디선가
낮은 목소리가
들려왔습니다.

에이,
답답해서, 원!
저런 악마한테 맡긴
내가 잘못이지!

밤하늘 위로

시커멓게 탄 악마를 한 손으로 집어 든

염라대왕의 거대한 모습이 나타났습니다.

"어이, 조로리!
이 염라대왕이 직접 너를 데리러 왔다.
내가 자비를 베풀어
네가 지옥에 갈 방법을 선택하게 해 줄 테니
주저 말고 말해 보아라!"

"왜 이 몸이 지옥에 가야 합니까? 못 가겠습니다.

이 몸은 지옥에 가고 싶지 않다고요!"

조로리가 필사적으로 염라대왕을 거부하는데

잠이 덜 깬 이시시가 중얼거렸습니다.

후우우우,
지는 생각났시유.
우리는 너무
배가 고파서유.
아주아주 커다란
문어빵에 깔리면
좋겠시유.

그 말을 들은
염라대왕이
대답했습니다.
"그야
식은 죽 먹기지."
이 한마디가
떨어지자마자

갑자기 아주 커다란 문어빵이
하늘에서 뚝 떨어지더니
조로리 일행을 깔아뭉갰습니다.
셋이 정신을 차렸을 때는

푸악!

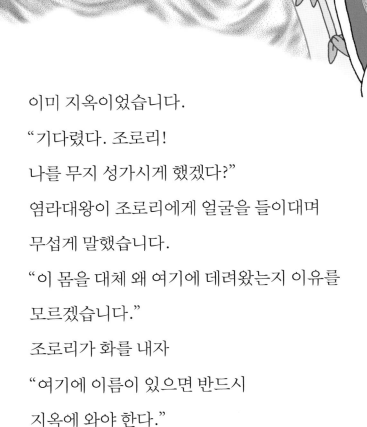

이미 지옥이었습니다.

"기다렸다. 조로리!

나를 무지 성가시게 했겠다?"

염라대왕이 조로리에게 얼굴을 들이대며

무섭게 말했습니다.

"이 몸을 대체 왜 여기에 데려왔는지 이유를

모르겠습니다."

조로리가 화를 내자

"여기에 이름이 있으면 반드시

지옥에 와야 한다."

염라대왕은 『염라장』을 펼쳐 보여 주었습니다.

"앗, 분명히 이 몸의 이름이다.

아, 이제 더는 살지 못할 운명이구나."

조로리가 머리를 움켜쥐자

이시시와 노시시도 입을 열었습니다.

"그럼 저희 이름은 어디에 있나유?"

잠깐만유!
저희는 조로리
사부님을 위해서라면
불 속도, 물속도,
아니, 거기가
지옥 끝까지라도
함께하기로
맹세했시유.
그렇지? 노시시.

"너희는 조로리랑 같이 있어서
그냥 딸려온 것뿐이다.
내 실수니 지금 당장
돌려보내 주겠다."
염라대왕은 다시 세상으로
돌아가는 기계를 준비하고는
이시시와 노시시에게
손짓을 했습니다.

맞구먼, 이시시.
저희는 조로리
사부님과 함께
이곳에 남을
거구먼유!

둘은 가슴을 활짝 펴고
어깨동무를 했습니다.
"정 원한다면
지옥의 고통을 빨리 맛보게
해 주마."
염라대왕이 그 자리에서
셋을 걷어찼습니다.
조로리 일행이 들어선 곳은

뻥

바로 지옥이다!

☆ 더 나쁜 짓을 해서
온 사람은 안쪽에
더 무서운
지옥으로 갑니다.

개미 지옥

발버둥을 칠수록
더 빠져나올 수
없습니다.

불꽃 지옥

아주 뜨거운 불꽃
다리를 맨발로
건너야 합니다.

입시 지옥

매일 시험이 있어서
밤에는 계속 공부를
해야 합니다.

창작 지옥

책을 일주일에 한 권씩
써야 합니다.

가마솥 지옥

뜨겁게 푹푹
삶아집니다.

만화 지옥

만화책을 하루에 이십 권씩
읽어야 합니다. 좋겠다고요?
한 권당 원고지 이십 장씩
감상문을 써야 합니다.

어이,
이리
와!

지옥의 규칙을 기억하시오!

이제부터 여러분은 이 지옥 중에서 일곱 개를
골라 순서대로 돌아다니게 됩니다. 각각의 지옥을 잘 견디고
이겨 내면 다음 지옥으로 옮겨갑니다. 만약 "아파!", "괴로워!", "살려 줘!" 등
엄살을 피우면 처음부터 다시 시작해야 합니다.
일곱 개의 지옥을 견뎌 내면 다시 살아날 수 있습니다만, 대부분의
사람들이 참지 못하고 수백 년 동안 고통 속에 지내는 만큼
단단히 각오하는 것이 좋습니다. 그럼 규칙을 이해한
사람은 다음 도깨비가 있는 곳으로 이동해 주세요.

탈의실에서 옷을
갈아입고, 이 종이에
적힌 지옥 중에서
일곱 곳을 골라 표시한
다음 제출해 주세요.
이제 당신은 그 일곱
지옥을 돌게 됩니다.
이름을 잊지 마세요.

도깨비의 설명을
전부 듣고, 조로리 일행은
탈의실로 들어갔습니다.

빨리 옷을
갈아입도록!

지옥
탈의실

일곱 개의 지옥을 고르시오.
① 혀 뽑는 지옥 ······ ☐
② 피 연못 지옥 ······ ☐
③ 잡아 늘리기 지옥 ······ ☐
④ 바늘 산 지옥 ······ ☐
⑤ 썰렁 개그 지옥 ······ ☐
⑥ 불꽃 지옥 ······ ☐
⑦ 가마솥 지옥 ······ ☐
⑧ 개미 지옥 ······ ☐
뒷면 계속

탈의실 안으로 들어가자
앞으로 일어날 일들에 대한 불안감에
다들 입을 꼭 다문 채 조용히
옷을 갈아입었습니다.
"조로리 사부님. 엄청 무섭구먼유.
여기서 도망칠 방법은 없을까유?"
노시시가 고리 던지기
세트를 꼭 잡고 떨고 있었습니다.

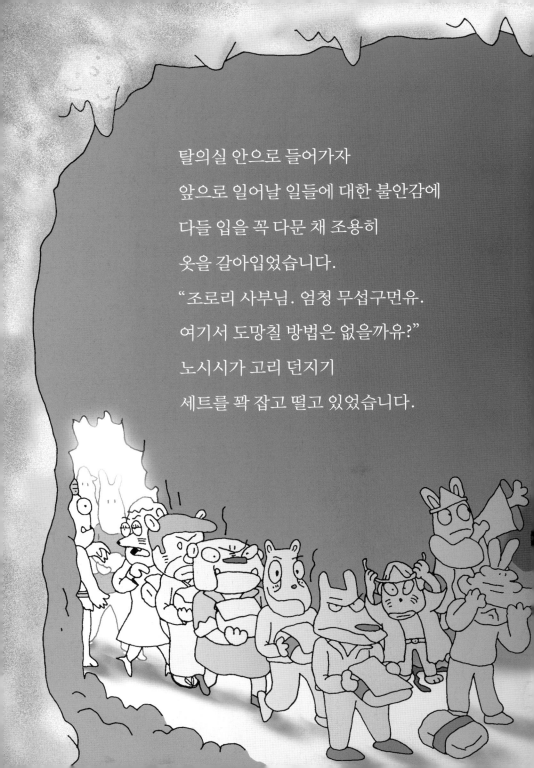

"앗, 그걸 여기까지 가지고 왔냐?"
조로리는 고리 던지기의 고리와
가지고 있던 목장갑을 번갈아 보더니
빙긋이 웃었습니다.
"흐음, 이거 쓸 만한데!"
그러고는 이시시와 노시시를
가까이 불러 귓속말을 했습니다.

잠시 뒤에
망자
전원이 옷을
갈아입고
탈의실에서
나왔습니다.

그런데 조로리 일행을 보세요!
옷을 앞뒤로 뒤집어 입고
등에는 목장갑,
머리에는 고리를
붙이고 나타났습니다!

장난감 고리

목장갑

이 모습을
도깨비가
놓칠 리
없습니다.

"이 녀석들,
지금 여기가 어디라고
장난을 치는 거냐?"
도깨비는 엄청 무서운 표정으로
소리를 지르며 셋을 집어
올렸습니다.

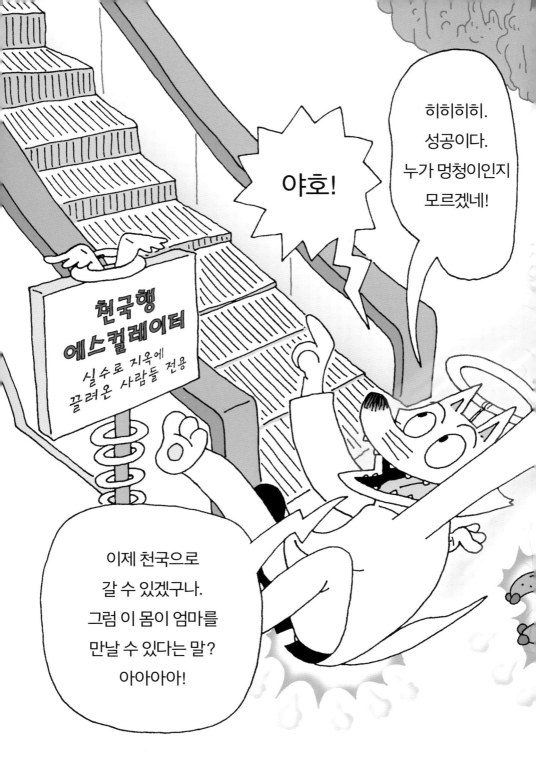

"천사는 천국에 있어야 한다.
함부로 지옥에 오면 안 돼.
빨리 이 에스컬레이터를 타고
천국으로 꺼져! 이 멍청이들아!"
이렇게 조로리 일행은
지옥 밖으로 내던져졌습니다.

조로리는 천국에 사는
엄마를 만날 수 있다는 생각에
에스컬레이터를 타고 뛰어
올라갔습니다.
하지만 지옥 밑바닥에서
천국까지 이어진 에스컬레이터의 길이는
길어도 너무 길었습니다.

여섯 시간 넘게 타고서야 겨우
천국의 문이 보일락 말락
기절할 만큼 길고 긴
에스컬레이터였습니다.
조로리 일행이
천국에 도착했을 때는
이미 파김치 상태였습니다.

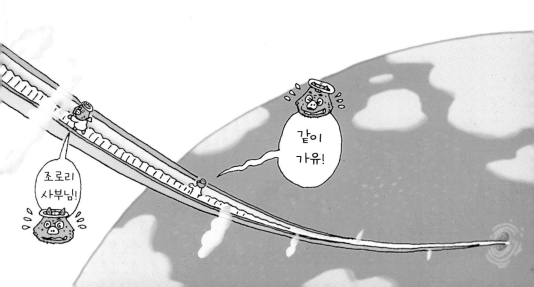

같이
가유!

조로리
사부님!

하지만 역시 천국은 말 그대로

천국이었습니다.

입구에 들어서자마자 피로를 풀어 주는

온천이 있었습니다.

"이렇게 고마울 수가!"

셋이 온천에

뛰어들자

피로는

순식간에

풀렸습니다.

할아버지는 조로리 일행에게

침을 놓아 주었습니다.

그러자 온몸에 기운이 넘쳐흘렀습니다.

"할아버지가 놓은 침은 마법처럼 잘 듣는걸?"

조로리가 감탄했습니다.

"내가 발견한 혈*에 침을 놓으면 됩니다.

이 책을 드리지요."

*혈은 침이나 뜸을 놓기에 좋은 자리를 말합니다.

주
의 | 이건 천국 이야기입니다.
여러분은 절대 함부로 침을 놓으면 안 돼요.

할아버지는 여우용과 멧돼지용

책을 한 권씩 챙겨 주었습니다.

조로리와 이시시, 노시시는 기운이 넘쳤지만

곧 아무것도 먹지 못했다는 사실을 떠올렸어요.

목차

☆ 건강해지는 혈 ········· 2쪽
☆ 즐거워지는 혈 ········· 4쪽
☆ 괴상해지는 혈 ········· 6쪽
☆ 콧구멍이 커지는 혈 ····· 8쪽
☆ 웃기는 혈 ············· 12쪽
☆ 코털이 자라는 혈 ····· 14쪽
☆ 슬퍼지는 혈 ········· 16쪽
☆ 변비가 낫는 혈 ······· 18쪽
☆ 딸꾹질이 멈추는 혈 ··· 20쪽
☆ 눈물이 멈추지 않는 혈· 22쪽

이제
언제라도
기운을 낼 수
있겠구먼.
고마워유.

조로리 사부님,
여러 가지 혈이
적혀 있어유.

멧돼지의
혈

여우의
혈

꼬르륵~

하지만 천국에는 과자 천국이 있으니 문제 없습니다. 마을 전체가 과자로 되어 있으니까요.

셋은 배가 나올 때까지
과자를 먹었습니다.
"자, 그럼 이제 엄마를 찾으러 떠나자!"
조로리의 말에 먹보 이시시와
노시시는 서둘러 과자를
옷 속에 챙겼습니다.

주 과자 천국의 과자는
첨가물이 없어
안전합니다.
영양 균형도 잘
맞춰져 있지요.
게다가 아무리
먹어도 살이 안 찌고
충치도 안 생겨요.
역시 과자 천국의
과자는 뭔가
달라도 다르군요.

그러자
상냥한
할머니가
나타나
말했
습니다.

아이고,
이 동네 과자는
너무 신선해서
상하기 쉬우니
가지고 가려면
이걸 가지고
가려무나.

할머니가 준 것은
아무리 씹어도
단물이 빠지지 않는
껌이었습니다.
조로리는
껌을 챙겨 받고
본격적으로
엄마를
찾아나섰습니다.

조로리는 곧장 낙서 천국에 가 보았습니다.

"내가 엄마 초상화를 잘 그릴 수 있을까?"

조로리가 불안해하며 크레용을

집어들었을 때였습니다.

손이 저절로 움직이더니

조로리 머릿속에 있던 엄마 모습 그대로

눈앞에 있던 종이 위에 그려졌습니다.

"대단해! 이거야, 이거. 이 몸의 엄마다.
이 초상화만 보여 주면 틀림없이
찾을 수 있을 거야!"
조로리는 낙서 천국을 뛰쳐나왔습니다.

조로리는
문 앞에 서서
숨을 크게 쉬었습니다.
"드디어 엄마를
만나는구나.
이게 꿈은 아니겠지?"
조로리는 기뻐서
떨리는 손으로
초인종을 눌렀어요.

조로리는 초상화를
닥치는 대로 보여 주며
돌아다니다가
드디어 엄마의 집을
찾았습니다.

딩동딩동, 딩동딩동.
조로리가 열심히 벨을
누르던 때였습니다.

딩동.
대답이
없습니다.

조로린느

"어머나, 조로린느 씨는
오늘 엄마 배구 대회에 갔는데요."
옆집 아주머니가 나와서
말해 주었습니다.
"저, 정말이에요? 그 사람,
이, 이 몸, 아, 아니 제 엄마예요."
"어머, 정말 멀리서 찾아왔군요.
어머님은 배구팀 주장이랍니다.

오늘이 마침 결승전 날이에요.

우승할지도 모르니 빨리

응원하러 가 봐요."

아주머니는 시합이 열리는

파라다이스 경기장의 위치를 가르쳐

주었습니다. 조로리 일행이

한걸음에 달려가 보니

참고

★ 조로리 엄마는
지상에서는
다리가 없는 유령의
모습입니다만,
천국에서는 천사의
모습으로 생활하고
있습니다.

이미 시합이 끝났는지
많은 관객이 경기장을
빠져나오고 있었습니다.
관객들이 다 경기장에서 나오자
엄마 배구팀이 돌아갈
준비를 마치고 조로리 일행 쪽으로
다가왔습니다.
조로리가 꿈에 그리던 엄마가
커다란 우승컵을 들고
웃고 있었습니다.

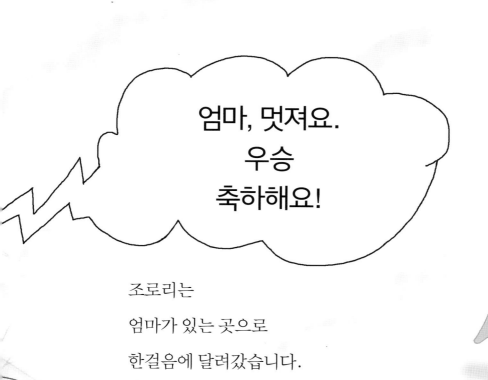

엄마, 멋져요.
우승
축하해요!

조로리는

엄마가 있는 곳으로

한걸음에 달려갔습니다.

"조, 조로리!"

엄마는 깜짝 놀라

우승컵을 떨어뜨릴 뻔했습니다.

"왜, 여기에 있는 거니?

설마 내가 잠시 딴 일을 하는 사이에

죽은 건 아니겠지?"

엄마가 조로리에게 물었습니다.

"염라대왕이 지옥으로 데려왔어요.

전 지옥에서 도망쳐 엄마를 만나러 온 거고요!

헤헤헤, 엄마와 살 수 있다면

전 천국에 있어도 좋아요."

조로리가 엄마에게 응석을 부리던

그때였습니다.

조로리는 엄마에게 따귀를 맞았습니다.

"너 조로리 성을 세우겠다고

하지 않았니? 그건 어떻게 됐어?"

"그게…… 아직 못 세웠어요……."

조로리는 눈을 내리깔았습니다.

"사랑하는 누군가와 결혼하겠다는 건?"

"그것도 아직……."

조로리는 고개를 떨구었습니다.
"할 일이 아직 그렇게나 많은데
조로리, 이대로 천국에 있겠다는 거니?"
"하, 하지만……."
조로리가 고개를 들고 대답했습니다.

"염라대왕이 내 이름이 적힌

『염라장』을 보여

주었단 말이에요.

거기에 이름이 있으면

지옥에 와야 한대요."

"뭐라고?

멍청한 염라대왕 같으니.

틀림없이 뭔가 잘못된 걸 거다.

조로리, 지옥에 내려가서
'아직 할 일이 많으니
다시 살려 주세요!'
라고 말하렴!"
"그럼 엄마도 같이 가서 부탁해 줘요."
조로리는 엄마를
바라보았습니다.

"안 돼! 자신의 운명은
스스로 개척하는 거다.
엄마는 이런 너와
함께 산다면 기쁘지 않아.

열심히, 제대로
산 다음에
이곳으로 오렴.
엄마가 영원히 널
기다리고 있을 테니까."
조로리 엄마는
이시시와 노시시를
보면서 말했습니다.

"늘 조로리가 힘들게 해서 미안하구나.

조로리와 힘을 합쳐 다시 열심히 살도록 해라.

알았지?"

엄마는 이시시와 노시시의 머리를

부드럽게 쓰다듬어 주었습니다.

그러고는 "지금 당장 지옥으로 돌아가!"라는

말과 함께 지옥행 에스컬레이터를

가리켰습니다.

지옥행 에스컬레이터에 올라탄
조로리 일행의 모습이 사라지자
조로리 엄마는 하염없이 눈물을 흘렸습니다.
"조로리! 정말 미안하구나.
사실 엄마는 널 꼭 안아 주고 싶었단다.
하지만 응석 부리는 너를
그냥 두고 볼 수는 없었어.

실패를 해도 상관없다.

네가 하고 싶은 일,

해야 할 일을 다 마친 다음에

다시 이곳에 오길 바랄 뿐이란다.

우리 조로리는 이런 엄마 마음도 모르고

너무하다고 생각할지도 모르겠구나."

하라 선생님의 축하 인사말

한국 어린이 여러분, 안녕하세요.

《장난천재 쾌걸 조로리 시리즈》작가 하라 유타카입니다.

저는 어린이들이 계속 보고 싶어 하는

재미있는 책을 만들고 싶어서 《장난천재 쾌걸 조로리》를

쓰기 시작했습니다.

일본에서는 책읽기를 싫어하던 어린이들도 이 책을 읽은 후부터

다른 책도 읽게 되었다고 합니다.

한국 어린이들도 꼭 재미있게 읽어 주면 좋겠습니다. 잘 부탁해요.

하라 유타카

글쓴이 소개

하라 유타카 (原ゆたか)

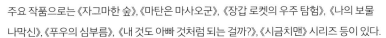

1953년 구마모토 현에서 태어났다.

1974년 KFS콘테스트 고단샤 아동도서부문상 수상.

주요 작품으로는 《자그마한 숲》, 《마탄은 마사오군》, 《장갑 로켓의 우주 탐험》, 《나의 보물 나막신》, 《푸우의 심부름》, 《내 것도 아빠 것처럼 되는 걸까?》, 《시금치맨》 시리즈 등이 있다.

옮긴이 소개

오용택 (吳龍澤)

일본대학교 예술학부 방송학과를 졸업하고 중앙대학교 신문방송대학원을 졸업했다.

중앙대학교 외국어아카데미에서 일본어를 강의했다.

그 외 카피라이터로 활동 중이며 아이들을 위한 좋은 책을 기획, 번역하고 있다. 옮긴 책으로는 《건강한 삶, 건강한 기업》 등이 있다.

글·그림 하라 유타카
옮김 오용택

개정판 1쇄 인쇄 2024년 12월 1일
개정판 1쇄 발행 2024년 12월 11일

펴낸이 김영곤 **펴낸곳** (주)북이십일 을파소
기획편집 이장건 김의헌 박예진 박고은 서문혜진 김혜지 이지현
아동마케팅 장철용 양슬기 명인수 손용우 최윤아 송혜수 이주은
영업 변유경 김영남 강경남 황성진 김도연 권채영 전연우 최유성
해외기획 최연순 소은선 홍희정
디자인 임민지 **제작** 이영민 권경민

출판등록 2000년 5월 6일 제406-2003-061호
주소 (우 10881) 경기도 파주시 회동길 201(문발동)
연락처 031-955-2100(대표) 031-955-2109(기획편집)
팩스 031-955-2122 **홈페이지** www.book21.com

ISBN 979-11-7117-751-6 74830
ISBN 979-11-7117-605-2 (세트)

다양한 SNS 채널에서 아울북과 을파소의 더 많은 이야기를 만나세요.

 인스타그램
@owlbook21

 페이스북
@owlbook21

 네이버카페
owlbook21

 네이버포스트
아울북 and 을파소

· 제조자명 : (주)북이십일
· 주소 및 전화번호 : 경기도 파주시 회동길 201(문발동) / 031-955-2100
· 제조연월 : 2024.12.
· 제조국명 : 대한민국
· 사용연령 : 8세 이상 어린이 제품

かいけつゾロリのてんごくとじごく
Kaiketsu ZORORI no Tengoku to Jigoku
Text & Illustraions©2002 Yutaka Hara
All rights reserved.
Original Japanese edition published in Japan in 2002 by Poplar Publishing Co., Ltd.
Korean translation rights arranged with Poplar Publishing Co., Ltd.
Korean translation copyright©2024 by Book21 Publishing Group.